LA MADRINA DEL CIELO

Tirso de Molina

PERSONAS QUE HABLAN EN ÉL:

- **JESÚS Cristo**
- **La VIRGEN**
- **Santo DOMINGO**
- **Un ÁNGEL**
- **DIONISIO**
- **DOROTEO**
- **MARCELA**
- **CHINARRO**
- **DEMONIO**
- **VICIOS**
- **VIRTUDES**
- **MÚSICOS**
- **Un BAILARÍN**

DIONISIO: Éste es el sitio y la casa
              do asiste el cándido cuello
              que el cuerpo y alma se abrasa.
              Hizo Dios un ángel bello
              debajo de humana masa.
                 Formó una excelsa escultura
              de tan divina hermosura,
              mostrando su gran poder,
              que se viene a conocer
              el Criador por la criatura.
                 Hele dicho mi recuesta
              publicando mi tormento
              y lo que su amor me cuesta,
              mas es dar quejas al viento,
              que es recogida y honesta.
                 Con rostro apacible y grave
              me dijo, "De eso se deje.
              No entregue al vicio la llave,
              porque tiene obras de hereje,
              aunque se muestra süave;
                 apártese de este trato,
              que si le viene a entender,
              conocerá que es ingrato
              y suele caro vender,
              aunque le ofrece barato;
                 y pierda la confianza,
              que en mí no ha de haber mudanza
              que en Dios he puesto la fe,
              y con esto alcanzaré
              el premio de mi esperanza."
                 Y lo que más me atormenta,
              es que espero sin remedio,
              según he echado la cuenta,
              que no se podrá hallar medio
              que a mi voluntad consienta.
DOROTEO: Olvida y muda de intento.
DIONISIO: ¿No ves que se ha apoderado

del alma y del pensamiento,
que hallándole descuidado
hizo un firme alojamiento?
DOROTEO: Entra y gózala por fuerza.
DIONISIO: Cosa por fuerza gozada
    ¿qué gusto tendrá? Que es fuerza
    que quede más obstinada
    y no ha de haber quien la tuerza.
DOROTEO: Podrá ser, viendo cogida
    la flor del vergel vedado,
    se te muestre agradecida
    y que te ofrezca de grado
    el remedio de su vida.
DIONISIO: Quiero tomar tu consejo,
    que muy bien me ha parecido;
    que el amigo es claro espejo,
    y por ver que me ha ofrecido
    la Ocasión buen aparejo.
        Considera lo que hablo
    por estar solos los dos;
    de veras el caso entablo.
    Entro en el nombre de Dios.

Vase

DOROTEO: Entra en el nombre del diablo.
        Va a forzar una doncella
    y nombra de Dios el nombre
    que forma contra él querella.
    Sin duda que entiende este hombre
    que ha de ayudarle a movella.
        Aquesto, si bien lo notas,
    de demonio es el oficio,
    que con sus obras remotas
    entre el deleite y el vicio
    deja las conciencias rotas.
        Hacemos mil insolencias
    sin tener a Dios temor
    ni escrúpulo en las conciencias,

y pídele aDios favor.
¡Qué hermosas impertinencias!
   Si habemos dado en saltear
y entre piratas porfías
surcado habemos el mar,
¿de qué sirve hipocresías
si es su profesión robar?
   No le acabo de entender.
Unas veces es afable,
con humilde proceder,
y otras no ha de haber quien le hable
si quiere su amigo ser.

Entra DIONISIO y MARCELA asida de su capa

MARCELA: Arrojadizo Tarquino,
dime, ¿qué fruto has sacado
de un efecto tan indigno,
que así has un pecho violado
dedicado al Uno y Trino?
   ¿Por qué con tanta fiereza
cometiste tal delito?
Caos de abatida bajeza,
¡que un gusano tamañito
se atreva a la Suma Alteza!
   ¿Qué?   ¿No temes la sentencia
ni del castigo el rigor?
Pero sé por experiencia
que le has perdido el temor
por ser la Suma Clemencia.
   Mas, pues que ya ha sucedido,
muestre ese pecho piadoso
lo mucho que me ha querido.
Dame la mano de esposo,
con lágrimas te lo pido.
DOROTEO: (¡No le faltaba otra cosa   **Aparte**
sino meterse en el brete
de dama bella y hermosa!
Muy bien medrara el pobrete

y además si es melindrosa.)
DIONISIO: Cualquier cosa hasta gozarla
se tiene en veneración
hasta poder alcanzarla;
mas, llegada la ocasión,
el mejor pago es dejarla.
    Lo que te tuve de amor
volvió en aborrecimiento;
llegó a su punto el rigor,
y entre el deseo y contento
puso ley el desamor.
    Procura satisfacerte,
que jamás temí la muerte.
Quéjate al cielo de mí,
que no alcanzarás el sí
ni pienso de jamás verte.
DOROTEO: Has hablado a mi contento
y tu gusto has alcanzado;
no tomes cosa de asiento.
Si su persona has gozado,
dé agora quejas al viento.

Vanse DOROTEO y DIONISIO y queda MARCELA

MARCELA: ¡Así te partes, crüel!
Dejo la venganza a Aquél
que es deshacedor de agravios;
mas tiene piadosos labios
y hallarás clemencia en Él.

Puesta de rodillas

    Divino Redentor, Celador santo,
de aquesta sinrazón a vos apelo,
porque quedo afligida y sin consuelo,
metida entre gemidos y quebranto.
    Muévaos a compasión mi triste llanto
y ver rompido el virgíneo velo

de que hice voto de llevar al cielo,
librándome del reino del espanto.
   A vos, Sacro Señor, venganza os pido.
No pase sin castigo tan mal hecho
y un delito tan feo y tan inorme.
   Aunque si de otra cosa sois servido
y se mueve a clemencia vuestro pecho,
con vuestra voluntad seré conforme.

Corren una cortina y aparezca CRISTO de
Redención

JESÚS: Marcela, tu sentimiento
es muy justo que le tengas
y que justicia prevengas
a tan grande atrevimiento;
que, si el pecado consiento,
de su maldad formo queja,
y aunque ves que éste se aleja,
no pierdas la confianza,
y el tomar de él la venganza
sobre mis hombros lo deja.

Corren la cortina y cúbrese el JESÚS
Cristo

MARCELA: ¿Tan presto os vais, Jesús santo?
No escondáis el resplandor
que al alma enriquece tanto.
Divino afecto de amor
y obra de Espíritu Santo,
  aguardad, Verbo humanado,
y de aquesta corderilla
recibí el pecho humillado,
alta flor de maravilla
que dio la muerte al pecado.
   Justo Juez os mostráis,
pues la carga de mi afrenta

a vuestra cuenta tomáis,
que tomada a vuestra cuenta
cuerpo y alma consoláis.
    Mirad que salís fiador
que el delito ha de pagar;
si no lo cumplís, Señor,
os tengo de ejecutar,
aunque os tengo grande amor.
    Mas vuestra clemencia es de arte
que en los malos se reparte;
pero advertiréis que hay ley,
que nunca perdona el rey
si no perdona la parte.

*Vase y salen Santo DOMINGO y un donado llamado
CHINARRO*

DOMINGO: Dígame, ¿por qué ocasión,
        dejando el siglo, se vino
        a entrar en la religión?
CHINARRO: ¡Por el Señor Uno y Trino
        que me causa gran pasión!
            ¿No basta que entre estas breñas
        --¡pesia a quien aquí me trujo!--
        cuento mi mal a las peñas?
        ¿No fuera fraile cartujo
        porque me hablara por señas?
DOMINGO: ¡Jesús, hermano! ¿Qué es esto?
        Considere que ha pecado.
        ¿Cómo está tan descompuesto?
CHINARRO: ¡Por Cristo crucificado
        que estoy por echar el resto!
DOMINGO: Hermano, nada no cuente;
        ésa es la orden que profesa.
CHINARRO: ¡Por Jesús omnipotente,
        que porque sé que le pesa
        lo he de contar cabalmente!

        En la ciudad de Sagunto

nací, padre fray Domingo,
que cuando allí no naciera
nada se hubiera perdido.
No digo de nobles padres,
porque no sé quién me hizo,
según [lo] que mi madre era
afable con sus amigos.
Bueno es ser el hombre afable,
pero la mujer, no digo,
que ha de ser como carrasca
y amorosa a su marido.
En fin, allí fui crïado
hasta tener veinte y cinco
años, haciendo insolencias,
no de las que hacen los niños.
Tuve siempre tres mujeres
repartidas en tres sitios,
las cuales rendían primicias
sin ser el fruto caído.
Tres germanicos, muchachos,
de los que en el laberinto
metían las dos colainas,
se recogían en mi nido.

Hase de estar santiguando Santo DOMINGO

Tenía tabla de juego,
donde el menor ejercicio
era echar votos por vidas,
reniegos de cinco en cinco.
Jugábanse los dineros,
y después de haber perdido,
las prendas suplían las faltas,
quedándose en cueros vivos;
las joyas de las mujeres,
las arracadas y anillos,
cadena, ajorca, manillas
y los diamantes más finos,
faldellines, sayas, ropas,

tocas, jubones, corpiños,
quedando de Adán y Eva
hechos retratos al vivo.
Sacábales el barato,
que, si lo viera, le digo,
padre, que se aficionara,
que fui en poco tiempo rico.
Prestábales sobre prendas,
dándome de prometido,
si daba diez, doce y medio,
y si veinte, veinte y cinco.
Andaba la chirinola
hasta que ventura quiso
que el bodegón se alborota
porque de corto de cinco,
sobre disputas de honor,
como siempre honrado he sido,
corté a una mujer la cara,
dando muerte a su marido.
Maté un hidalgo en la plaza
por un no sé qué me hizo
a la una de mis damas;
déle Dios el paraíso.
Ausentéme de la tierra,
y topando en el camino
un fraile, le até a una encina,
desnudándole el vestido...

DOMINGO: Calle y por él le ruegue,
pues cometió tal delito
sin tener temor a Dios,
que osó tocar a sus Cristos.

CHINARRO: ¡Vive Dios! Domingo Padre,
pues hasta este punto ha oído,
que ha de acabar de oír la causa
que a su casa me ha traído.
El fraile me dejo atado,
no supe lo que se hizo;
Dios le perdone si es muerto,
y a mí no ponga en olvido.
No hube dado muchos pasos

cuando topé un peregrino
y, por mi gusto no más,
le maté en un ventorrillo.
El ventero, que era honrado,
de por medio se ha metido,
con tajadas y colainas
a los dos nos hizo amigos.
DOMINGO: ¿No dice que le mató?
CHINARRO: ¿No ve que la hambre digo?
DOMINGO: Así sería a los otros.
CHINARRO: Es verdad, Dios me es testigo.
A las Navas de Tolosa
con don Alonso he partido,
noveno rey de Castilla,
que era mi íntimo amigo,
contra Miramamolín,
que contra España ha traído
de moros seis mil millones.
DOMINGO: Mire, padre, lo que ha dicho.
CHINARRO: Cuatro eran más o menos,
y es la verdad lo que digo.
Echándome en oración
al Altísimo he pedido
nos otorgue la victoria,
el cual al punto lo hizo.
Recogidos los despojos,
los he al punto repartido
al rey de Aragón don Jaime
y al de Navarra don Íñigo;
y aunque dicen que la cruz
fue causa de haber vencido,
sólo el valor de Chinarro
del caso la causa ha sido.
DOMINGO: ¡Vióse mayor disparate!
Pues es claro que se ha visto
bajar del cielo la cruz.
CHINARRO: Fue porque yo lo he pedido,
y pesándome de haber
ofendido al Uno y Trino,
me vine a la religión

poniendo en olvido al siglo.

DIONISIO: Adoraba su belleza,
y después que la he gozado
ha entrado en mí tal tibieza
que aun el caso imaginado
me causa mucha tristeza.
DOROTEO: Échala del pensamiento
y cesará su memoria,
y así vivirás contento,
que si promete Amor gloria,
suele a veces dar tormento.
   Mas dejando eso, ¿no ves
dos religiosos venir?
DIONISIO: ¿Si traen algún interés?
DOROTEO: La verdad me han de decir
atados manos y pies.
DOMINGO: *Deo gratias.*
DOROTEO: Enhorabuena,
¿quién dice que se las quite
a quien las gracias condena?
CHINARRO: ¿Así las gracias admite?
DOROTEO: ¿Qué quiere el ánima en pena?
CHINARRO: ¿Qué modo de responder
es éste? ¿Han perdido el seso?
DOMINGO: Muy bien lo pueden hacer.
¿Quién le mete, hermano, en eso?
CHINARRO: Yo, que me quiero meter.
DOROTEO: Yo también meterme quiero,
en que se quite el vestido
junto con su compañero,
y si trae algo escondido
de preseas o dinero,
   quítense el vestido luego,
si no quieren que me enoje
y eche de los ojos fuego.

CHINARRO: ¿Qué dice?
DOROTEO: Que se despoje.
CHINARRO: De veras va aqueste juego.
              ¡Hase visto tal maldad!
           Padre, ¿aquesto ha de sufrir?
DOMINGO: Hacerlo con humildad.
CHINARRO: No lo quiero consentir
           por la Santa Trinidad.
DOMINGO: Sin replicar se desnude,
           hermano, y guarde obediencia.
CHINARRO: Su paternidad no dude...
DOMINGO: Chinarro, tenga paciencia
           y hágalo sin que se mude.

*Desnúdase **CHINARRO** y Santo **DOMINGO**, y para
desnudarse pone el rosario en la tierra y prosigue*

           Está tan roto y deshecho,
        señores, nuestro caudal,
        que de su valor sospecho
        que antes les podrá hacer mal
        que género de provecho.
           ¡Pluguiera a Dios que el valor
        fuera de tal gravedad
        que mitigara el rigor
        de su gran necesidad!
        Miren si les tengo amor,
           porque dejando aburrida
        la causa que tan sin rienda
        les trae el alma perdida,
        con el aumento de hacienda
        habría enmienda la vida.
DIONISIO: Padre, vuélvase a vestir.
DOROTEO: ¿Qué quieres?
DIONISIO: Dejarle ir:
           ¿soy yo empedernida roca?

Éste de parte me toca,
y con él se ha de partir.

Tómale el rosario

Sólo este rosario quiero
que me ha parecido bien.
DOMINGO: De aquesa razón infiero
que os ha de suceder bien
en el tiempo venidero.
CHINARRO: Tengan descanso y salud
y déles el alto Dios
mucho sosiego y quietud.
DOROTEO: Hermano, no hablan con vos.
CHINARRO: ¿Por qué no ha de usar virtud?
Úsala su compañero,
siendo también salteador;
¿es por dicha él más grosero
ni tiene menos valor
siendo hidalgo y caballero?
DOROTEO: Desnúdese. ¿A mi chancitas?
Acabe el capigorrón.
.... [-itas]
Tengo poca devoción
y las entrañas malditas.
CHINARRO: ¡Ay! ¿Qué ha dicho, cielo santo?
DOMINGO: Hermano, tenga paciencia.
CHINARRO: ¿Cómo no me acaba el llanto?
DOMINGO: ¿Cómo no guarda obediencia?
CHINARRO: No puedo guardarla tanto.
¿Cómo no les ha mandado
a éstos tener obediencia?
DOMINGO: Era ese caso excusado,
que para la sacra audiencia
está aquéste reservado.
CHINARRO: Ahora bien, tome el vestido,
y pues que me descompone,
ante Dios le sea pedido.

Dales el hábito

DOMINGO: Ruegue a Dios que le perdone,
y le será agradecido.

Vanse Santo DOMINGO y CHINARRO

DOROTEO: ¿Ya das, Dionisio, en franco
y de rosarios te precias?
DIONISIO: No das muy lejos del blanco,
que aquéstos que tú desprecias
suelen dar el campo franco;
  que todas las calidades
no son más, Doroteo,
que tienen las voluntades
diferentes el deseo
y distintas propiedades.
  Tú tienes riguridad,
yo tengo alguna clemencia;
tú aborreces la bondad,
yo tengo por excelencia
tener el don de piedad.
  Bien puede ser pecador
el hombre, porque le inclina
de Adán el primer error;
mas a la esencia divina
no ha de perder el temor.
  No tienes que estar cansando;
que hacer a Dios resistencia
es quebrantar su real bando
y debe pedir clemencia
el hombre, aunque esté pecando;
  y dejemos de alegar,
pues el prado nos ofrece
sitio para descansar.
DOROTEO: El sueño y cansancio crece
y te quiero contentar.

Recuéstanse a dormir, y sale el
DEMONIO

DEMONIO: Dormid, que yo he de velar
              hasta llegaros al punto
              en que tenéis de acabar,
              aunque del cielo barrunto
              que me lo quiere estorbar.
                 Mas, venga lo que viniere,
              yo he de hacer mi diligencia
              por si acaso sucediere,
              si no, haga su providencia
              lo que mejor le estuviere.
                 Tengo un odio desigual
              al hombre y crüel desdén
              sin causa para hacer tal,
              y por quererle Dios bien,
              por eso le quiero mal;
                 y aunque su poder me asombre,
              siempre aborrezco su nombre
              y quiero mal a los dos,
              y pues no me vengo en Dios,
              he de vengarme en su nombre.

Canta una voz dentro esta letra

MÚSICA: *"Vela, vela, pecador,*
              mira que el mundo te engaña,
              que anda el lobo en la campaña,
              huye y teme su rigor."

DEMONIO: No en balde yo me temía
              que había de haber favor;
              a pesar de quien le envía,
              contra Dios y su valor
              ha de creer mi porfía.

Canta

MÚSICA: *"Mira que llega a la puerta*
               y con deleites convida;
               la lámpara esté encendida,
               no la halle el esposo muerta.
                  Entra con muestras de amor
               y siembra entre ella cizaña;
               que anda el lobo en la campaña,
               huye y teme su rigor."

DEMONIO: Ya vuelven a dar aviso.
               ¿Con música los regalas?
               Lucifer, no estás remiso;
               el veneno de tus balas
               los arroja en un proviso.
                  Dádoles he grande sueño
               con un sabroso manjar
               de un mortífero beleño;
               quiero ver sin recordar
               si al infierno los despeño.
                  De esta vez perecerán,
               si el cielo no me lo estorba,
               que entre sus vicios están
               y he de hacer que se los sorba
               un mar de pez y alquitrán.
                  Heles mostrado un tesoro
               en este profundo sueño
               de preciadas piedras de oro
               para robárselo al dueño
               y vayan a eterno lloro.
                  ¡Ah, compañeros! Venid.

Levantándose los dos

DOROTEO   Vamos, que el tesoro es bueno.
DEMONIO: Y entre los dos lo partid,
               si no se os vuelve veneno
               con este famoso ardid.

CHINARRO: Pues ¿conmigo, fanfarrón?
Si a Chinarro conocieras,
salteadorcillo lebrón,
yo sé que no te atrevieras
temiendo tu perdición.
     ¿A mí el hábito? ¡Ah, paciencia!
Que un tiempo solía temblar
un rayo ante mi presencia.
¡Qué cosa es un hombre estar
sujeto a humilde obediencia!
     Con la pasión que llevaba
viéndome que iba desnudo
el corazón me temblaba;
que habla con cólera un mudo
si la paciencia se acaba.
     Y que el otro muy cortés
al padre se le ha dejado
con muy pequeño interés;
sólo el rosario ha tomado,
que el padre le diera tres.
     De aquí no pienso partirme
sin vengarme con los dos.
Bien sé que puedo medirme;
no iré de aquí--¡vive Dios!--
que no tengo que vestirme.
     Como desnudo he partido
y al monasterio he llegado,
en ira y rabia encendido,
espada y capa he topado
de que vengo apercebido.

Halla el hábito

Mas el hábito he encontrado;
pero por Santo Tomás
que de miedo lo ha dejado;
mas no daré paso atrás
sin que esté desagraviado.

Suena dentro la música y
cantan

MÚSICA: *"Vuélvete a tu monasterio*
y a Dios la venganza deja,
que sabe premiar al bueno
y castigar al que yerra.
Vuélvete, y guarda los votos
de religión y obediencia,
que a Cristo le desnudaron
con más oprobios y afrentas.
Si quieres ganar el cielo,
imítale en la paciencia,
pues te acogiste al sagrado
de su piedad y clemencia,
aborrece a los soberbios
y a los humildes los premia;
a los justos quiere y ama
y al más pecador espera.
Vuelve los ojos y mira
entre justicia y clemencia
de un pecador obstinado
la rigurosa sentencia."

Corren la cortina y aparece una cima con una pintura
como boca de infierno, y DIONISIO y DOROTEO que los quiere el
DEMONIO lanzar dentro, y Santo DOMINGO, que tiene echado un
rosario
al cuello de DIONISIO y le tiene, y JESÚS Cristo con una
espada desnuda en la mano y la VIRGEN al otro lado

DEMONIO: Digo que ha más de diez años

que han andado en compañía
haciendo males y engaños,
sin que se pasase un día
que no hiciesen graves daños;
    forzando viudas, casadas
y estrupando las doncellas
recogidas y guardadas,
y en vez de satisfacellas,
era dejarlas robadas;
    quitando a los pasajeros
de cualquier manera o suerte,
las haciendas y dineros,
dándoles la crüel muerte
como unos leones fieros.
    Nunca hicieron obra buena
que les fuese meritoria,
y así, la ley les condena
a ser privados de gloria,
padeciendo eterna pena.
    Jamás vieron celebrar
el misterio de la misa
que les pudiera salvar;
todo era contento y risa,
sin acordarse de orar.
DOMINGO: Espíritu condenado,
como siempre, la maldad
es adorno de tu estrado,
traes cubierta la verdad
con hábito disfrazado.
    Señor, Dionisio ha pecado
siéndoos rebelde e ingrato,
en los vicios engolfado;
mas teníalo por trato,
siendo a piedad inclinado.
    Si alguna cosa quitaba,
también con ellos partía
de aquello que le tocaba,
y una mala compañía
hace la virtud esclava.
    Rezaba con devoción

        el sacrosanto rosario,
        llamaba la intercesión
        del sagrado relicario
        do obrasteis la encarnación.
            Bien sabéis la caridad,
        Señor, que conmigo usó
        con tan profunda humildad,
        y por suplicarlo yo,
        Señor, tened de él piedad.
VIRGEN: Hijo mío, haced su ruego,
        pues que Domingo lo pide,
        no vaya al eterno fuego,
        que a vuestro gusto se mide;
        dadle, buen Jesús, sosiego.
            En especial que ha tenido
        en mucha veneración
        el rosario esclarecido,
        otórguesele perdón,
        que como madre os lo pido.
JESÚS: Pues de mi mucha clemencia
        los dos le habéis amparado,
        doy por muy justa sentencia
        que aquéste sea condenado.

                A DOROTEO

        Y aquéste a hacer penitencia.

                A DIONISIO

            Y miro que aquéste ha sido
        del rosario muy devoto
        y en sus cosas comedido,
        y aquéste un hombre remoto,
        gran pecador y atrevido.
DOROTEO: Virgen, ¿no hay intercesión?
VIRGEN: Cuando tuviste lugar
        no gozaste la ocasión,

por donde vas a penar
al reino de confusión.
   Continuo has vivido mal,
tu vida siempre empeora,
y llegado a punto tal,
en lugar de intercesora
es mi oficio ser fiscal.

Corren la cortina y cúbrese todo

CHINARRO: ¿Eso pasa? Tira afuera.
Al monasterio me vuelvo
y en aquesto me resuelvo,
que es la Virgen medianera;
mas si acabáis la carrera
en vicios y haciendo mal
dice que ha de ser fiscal.
Más vale hacer penitencia,
porque alcance la clemencia
del Redentor celestial.

Sale Santo DOMINGO

   Mas a Domingo el prelado
veo que acá se avecina;
si esta vez no hay diciplina
yo quedo muy bien librado.
Haré del disimulado;
bien es que el rostro arreboce
para ver si me conoce,
y si viniere turbión,
callar es obligación
para que del cielo goce.

Embózase

DOMINGO: ¡Que en la casa no parece!

Quien de la casa se ausenta
cualquier castigo merece.
De que dé tan mala cuenta
el corazón se entristece.
   ¡Traerse capa y espada!
Dado me ha que sospechar,
que venir con mano armada
fue pretenderse vengar,
y su intento no me agrada;
   que no advertí en preguntar
por las señas de la capa
cuando le salí a buscar.
Un hombre está allí y se tapa;
allá me quiero llegar.
   ¡Ah, buen hombre!
CHINARRO: Dios es bueno.
DOMINGO: También lo podéis vos ser,
   aunque Él de bondad es lleno.
CHINARRO: ¿Qué quiere?
DOMINGO: Querría saber...
CHINARRO: Por saber yo muero y peno.
DOMINGO: Saber es cosa muy alta,
   si se viene a merecer
   y con virtudes se esmalta.
CHINARRO: Sólo quisiera saber...
DOMINGO: ¿El qué?
CHINARRO: Remediar mi falta.
DOMINGO: Ése es el saber perfeto,
   y el hombre que lo ha alcanzado
   jamás se ha visto en aprieto.
CHINARRO: Gran tiempo le he procurado
   y me ha perdido el respeto.
DOMINGO: Dejemos esa quimera.
CHINARRO: Pues ¿por quién me preguntaba?
DOMINGO: Por un hombre.
CHINARRO: Ya sé quién era,
   que aquese hombre aquí estaba
   un poco antes que se fuera.
DOMINGO: Eso será lo más cierto;
   mas diga, ¿cómo hablar osa

haciendo tal desconcierto?
CHINARRO: (¿Que me conoció? ¡Hay tal cosa!   **Aparte**
            No me conociera un muerto.)
DOMINGO: ¡Que me ha de dar ocasión
            de que le venga a buscar!
CHINARRO: Mi padre, con la pasión
            no le pude respetar;
            le juro a mi salvación.
DOMINGO: ¿Qué ha jurado? Bese el suelo.
CHINARRO: ¿No basta besar su mano?
DOMINGO: Mire que ha enojado el cielo;
            haga lo que digo, hermano.
CHINARRO: De enojarle me recelo.
DOMINGO: ¿Cómo el hábito ha hallado?
CHINARRO: Cuando vine le hallé aquí.
DOMINGO: ¡Ya acabó el desventurado!
CHINARRO: Es verdad, que yo le vi
            cómo al infierno ha bajado.
DOMINGO: Dígame, ¿cómo lo ha visto?
CHINARRO: Porque pasó en mi presencia
            cuando el Juez Jesu Cristo
            dio contra él la sentencia
            por ser un hombre malquisto.
              También le vide allá estar
            y con pecho sublimado
            por Dionisio suplicar.
DOMINGO: Pues Dios se lo ha revelado,
            bien le debe de estimar.
              Vámonos al monasterio
            y considere que ha errado,
            aunque ha visto ese misterio,
            y debe ser castigado
            por tan grave vituperio.
CHINARRO: Primero que haga mudanza
            me ha de dar su bendición,
            pues tanta virtud alcanza,
            y me ha de otorgar perdón
            debajo de confianza.
              Hágalo, por vida mía,
            y me prometo enmendar,

pues que su virtud me guía,
si no lo he de publicar
que habla con Dios y Maria.
DOMINGO: Calle, que yo le perdono.
CHINARRO: (Bueno es ponerle temor,   **Aparte**
aunque era hablar en su abono.)
Con esta merced, señor,
verá cómo lo pregono.
DOMINGO: ¿Qué dice?
CHINARRO: Que no hablaré,
padre, más que un dromedario.
DOMINGO: Tenga con la Virgen fe,
rece su santo rosario.
CHINARRO: Padre mío, yo lo haré.

*Vanse y sale DIONISIO con un saco de
penitencia*

DIONISIO: Ya vistes a vuestros ojos,
sin ser quimeras ni antojos,
alma, cómo os libertó
Aquél que en la cruz dejó
tan soberanos despojos.
   Ya vísteis con la humildad
que el Sagrario milagroso
de la Santa Trinidad
pedía al Hijo glorioso,
alma, tuviese piedad.
   Ya vísteis el gran caudal
que puso aquel templo santo
por libertarnos de mal,
y cómo alcanzaron tanto
las rosas de su rosal.
   Ya vísteis al religioso
que quisimos desnudar,
con qué pecho tan piadoso
nos pretendía alcanzar
de Dios eterno reposo.
   Ya vísteis cómo lanzado

fue al profundo del infierno
aquél que os ha acompañado,
y cómo del fuego eterno
el rosario os ha librado.
    Ya sabéis que la sentencia
dio el soberano Señor
en favor por su clemencia,
y que os mandó con amor
que hiciésedes penitencia.
    No hay agora amedrentaros
sino en este más contenta
con esfuerzo abalanzaros,
que pasada la tormenta
sé que tenéis de alegraros.
    ¿Queréis desierto de Egipto?
Podréis imitar a un Pablo
que entró allí desde chiquito,
o Antonio, a quien tentó el diablo
y él le echó de su distrito.
    ¿Queréis en la cueva estar
que encubren Líbano y Cedro
en escondido lugar?
Allí hay lágrimas de Pedro
con que os podéis consolar.
    Si os parece parte buena
peñas donde el aciprés
comparado es baja almena,
hallaréis la desnudez
de una Santa Magdalena.
    Extiende, alarga la vista
si entre moradas angostas
quieres trabar la conquista
donde, comiendo langostas,
imitarás un Bautista.
    Si quiés, sin que se entremeta
contigo persona alguna,
tener la vida más quieta,
imita en una coluna
a Simeón anacoreta.
    Y si, por dicha, te inclinas

o te inclina el apetito
a sensuales golosinas,
lánzate como Benito
en medio de las espinas.
    Si quiés recibir martirio,
ponga en Jesús sus deseos
el corazón de Porfirio,
y gozará los trofeos
que ganó el cárdeno lirio.
    Sin cruz nadie ha de pasar,
alma mía, el paso estrecho
que a la gloria va a parar;
quien quiere cruz en el pecho
trabajo le ha de costar.
    Padeced con perfección
esta cruz que el cuerpo mixto
tiene por honra y blasón,
si no fuere en la de Cristo,
será en la del Buen Ladrón.

Cantan de adentro a una voz

MÚSICA 1:   *"Acomete, buen soldado,*
porque vencerás sin duda,
que las Jerarquías celestes
se aperciben en tu ayuda."

DIONISIO: A embestir, que al arma toca
la caja del general;
la gente contraria es poca;
aquí, alma, cada cual
muestre el valor que le toca.

Suena MÚSICA a otro lado

MUSCIA 2:   *"¿Ansina olvidas los gustos*
a que el mundo te convida

con apacibles deleites
y delicadas comidas?"

DIONISIO:	¡Qué deleites tan süaves
tuve gozando el amor
de muchas mujeres graves!
Más ¿cómo, alma, sin temor
quieres entregar las llaves?

MÚSICA 1:	"Resiste con fortaleza,
porque si quedas desnudo
del don de la fortaleza
serás vencido en la lucha."

DIONISIO:	Si rindo la voluntad
confieso que soy perdido
y doy puerta a la maldad.
Virgen, vuestro favor pido,
por vuestra santa humildad.

MÚSICO 2:	"Gusta este manjar sabroso."
MÚSICO 1:	"Mira que es píldora oculta."
MÚSICO 2:	"Es un deleite apacible."
MÚSICO 1:	"Es tormento de garrucha."
MÚSICO 2:	"Gusto que al cuerpo recrea."
MÚSICO 1:	"Nublado que al alma ofusca."
MÚSICO 2:	"Deseos con cumplimiento."
MÚSICO 1:	"Cumplimiento en cosa injusta."
MÚSICO 2:	"Es paraíso del mundo."
MÚSICO 1:	"Es infierno que pronuncia
contra ti crüel sentencia;
mira que la gloria es mucha."

***Salen los VICIOS por una puerta cantando y las
VIRTUDES por otra***

VICIOS:	"*No te apartes del mundo,
goza sus gustos.*"
VIRTUDES:	"*No les vuelvas la cara,*

que son injustos."

VICIOS: *"El gusto y recreo*
te ofrece victoria."
VIRTUDES: *"Si quieres la gloria*
refrena el deseo."
VICIOS: *"Es muy dulce arreo*
sabrosos gustos."
VIRTUDES: *"No les vuelvas la cara*
que son injustos."
VICIOS: *"Gusta las delicias*
del tiempo amoroso."
VIRTUDES: *"Si quieres reposo,*
huye esas caricias."
VICIOS: *"Goza las primicias*
de dulces gustos."
VIRTUDES: *"No les vuelvas la cara,*
que son injustos.
Las virtudes se suben
al sacro cielo
y los vicios se parten
para el infierno."

Vanse los VICIOS y las VIRTUDES, y sale un
ÁNGEL y el DEMONIO

ÁNGEL: ¿Ya no quedaste excluído?
DEMONIO: Mientras en carne viviere
de mi no se ha despedido;
mientras un cuerpo no muere
sujeto está a mi partido.
Desde que hice a Adán pecar
ninguno de mi tormenta
no se ha podido escapar.
ÁNGEL: Tú mientes, y ten gran cuenta
que contra ti he de alegar.
Jeremías ¿no ha salido
del vientre santificado?
DEMONIO: Sí, pero fue concebido
en original pecado.

ÁNGEL: ¿Qué importa, si no ha nacido?
          También lo ha sido San Juan.
DEMONIO: Y en coyuntura ha pecado.
ÁNGEL: Fue misterio, en conclusión,
          porque a Cristo ha asegurado
          en la gentílica unión.
              Y el profeta Samuel
          también ha entrado en la lista,
          que gobernó al pueblo fiel,
          y el gran precursor Bautista
          y la madre de Emanuel.
DEMONIO: Calla, que oyendo su nombre
          me abraso con más rigor,
          que en ella Dios se hizo hombre
          y fue un exceso de amor
          que no hay a quien no le asombre.
              A un Dios que su ser abarca
          los cóncavos tierra y cielo,
          le encerró esa humilde arca
          y le hizo venir al suelo
          para entregarle a la Parca.
              ¡Pesar de su nacimiento
          y el día que fue engendrada
          para aumentar mi tormento!
          ¡Que una niña delicada
          tuvo tal merecimiento!
ÁNGEL: *Vade retro, Satanás;*
          exímete del derecho
          que aquí pretendiendo estás;
          parte para el reino estrecho
          y no vuelvas aquí más.
DEMONIO: ¿Ya tú te haces mandón?
          ¿Eres de masa más alta
          que yo? Mas ya mi opinión
          después que hice la falta
          perdió la reputación.
ÁNGEL: Dionisio, ten confianza
          y sírvate la experiencia
          de jamás hacer mudanza.
          Abraza con penitencia

Fe, Caridad y Esperanza;
    ven conmigo, que el lugar
donde la tienes de hacer
te tengo de señalar.
DIONISIO: En todo he de obedecer.
ÁNGEL: Ansí podrás acertar.

MARCELA: Poderoso Señor, Divina Esencia,
    ¿cómo la real palabra que habéis dado
no cumplís pronunciando la sentencia?
    ¿El casto pecho es bien quede violado
y el delito se quede sin castigo
que a vos, Señor, estaba dedicado?
    Si el grande exceso que éste hizo conmigo
con él disimuláis, podrá mañana
volverse contra vos hecho enemigo.
    De aquesta condición fiera y inhumana,
¿qué se puede esperar, Dios poderoso,
sino que mientras más, sea más tirana?
    Justicia pido, Dios santo y piadoso;
justicia pido, Dios santo y clemente,
que os hará la razón ser riguroso.
    Mas si es, buen Dios, acaso conveniente
que se haya de mostrar vuestra clemencia,
su voluntad se cumpla eternamente
dándome para el caso suficiencia.

Corren una cortina y aparece JESÚS Cristo
atadas las manos, e híncase de rodillas
MARCELA

JESÚS: Marcela, tu petición
    es justa conforme el celo
que tiene tu corazón;
mas ¿no ves que tiene el cielo
más alta la perfección?

            Los corazones humanos
            quieren vengar su intención,
            cuando vienen a las manos
            sin mirar la obligación
            que deben a sus hermanos.
                Es del hombre condición,
            que si así la mía fuera
            no hubiera generación
            ni hombre ninguno no hubiera
            que alcanzara salvación.
                Es mi oficio perdonar,
            dando diversos pregones,
            porque os vengáis a enmendar,
            y tú, Marcela, me pones
            culpa sin poder pecar.
                Tiene mis manos atadas
            Dionisio; ¿tú no las ves
            una con otra enlazadas?
            Y ha puesto a mis sacros pies
            cargas de plomo pesadas.
                Ningún paso puedo dar
            para en él hacer castigo,
            porque no me da lugar
            las manos; tú eres testigo
            que no las puedo mandar.
MARCELA: ¿No sois el Sumo Saber
            y la Suprema Deidad?
            ¿Esto cómo puede ser?
JESÚS: A mi mucha potestad
            esto le quita el poder.

*Córrese otra cortina y aparece DIONISIO
desnudo, salpicado de sangre y una disciplina en la mano con
sangre, y alrededor del cuello una soga, y Santo DOMINGO con una
lanza*

MARCELA: ¡Jesús, qué gran compasión!
JESÚS: Éste es Dionisio, Marcela,
            de quien quiés satisfacción,

que con gran cuidado vela
por imitar mi pasión.
    Su áspera penitencia
dejó mis manos atadas
y se acogió a mi clemencia;
acábale tú a lanzadas,
que a mí me hace resistencia.
    Toma a Domingo esa lanza
y con tu mucho rigor
ejecuta crüel venganza.
MARCELA: Yo le perdono, Señor.
JESÚS: La virtud todo lo alcanza.
    Has ganado gran victoria,
y serás remunerada
porque quede tu memoria
en el cielo coronada
con la corona de gloria.
    Perdonaste tu enemigo
y esto por amor de mí;
hallaste en el cielo abrigo,
y el que no lo hiciere ansí
jamás podrá ser mi amigo.
    Si en la oración me decís
que perdonáis los errores
y de obra no lo cumplís,
alcanzaréis los favores
conforme lo que pedís.
    El que perdonado hubiere
ése será perdonado,
y aquél que no lo hiciere
ése morirá en pecado
si en vida no lo cumpliere.
    Y porque humanos disfraces
a humildes Pedros y llanos
no estraguen con antifaces,
dad acá entrambos las manos,
que quiero yo hacer las paces.

Aparta las manos

MARCELA: ¿Cómo tenéis desatadas
          las manos, sacro Señor,
          que estaban con sus lazadas?
JESÚS: Finezas son del amor
          de mis entrañas sagradas.
            Para hacer bien y premiar
          tengo mis manos abiertas,
          que es mi oficio perdonar.
          Tengo aquestas cinco puertas
          por donde pueden entrar.

Llegan y danle las manos derechas

            Dionisio: ¿quiés por esposa
          a Marcela?
DIONISIO: ¿Quién podrá,
          Señor, hacer otra cosa,
          o quien se lo negará
          a mujer tan virtüosa?
JESÚS: Y vos, Marcela, ¿queréis
          a Dionisio por esposo?
MARCELA: Señor, gran merced me hacéis,
          que con lazo tan precioso
          cumplís lo que prometéis.
JESÚS: Guardaréis conformidad,
          y tomando mi consejo,
          abrazaréis la humildad,
          y no quebréis el espejo
          del don de la castidad.
            El rosal que ha producido
          los hijos de bendición
          que a los cielos han subido
          rezaréis con devoción,
          sin que haya punto de olvido,
            porque sus cándidas rosas
          con el olor tan süave
          y fragancias olorosas
          tienen del cielo la llave

para las almas piadosas.
   Siempre vivid con limpieza,
y del alma la quietud
guardaréis con gran pureza,
que guardan a esta virtud
la templanza y fortaleza.
   Y vamos, que a ser madrina
viene mi sagrada madre
con su beldad peregrina,
que la envía el alto Padre
con su música divina.

*Entra un BAILARÍN y MÚSICOS cantando,
y un ÁNGEL con una fuente y en ella dos guirnaldas y la
VIRGEN detrás las manos puestas, y dan vuelta al
tablado*

**

MÚSICOS: *"De la gloria ha bajado
la Flor Divina,
por honrar a los novios
y a ser madrina.
Baja la princesa
de la jerarquía,
que da luz al día
su rara belleza;
es mar de limpieza,
fuente cristalina
por honrar a los novios
y a ser madrina."*

*Llega la VIRGEN y toma las guirnaldas y
póneselas a los desposados*

VIRGEN: Tened siempre en la memoria
el premio de la victoria,
porque la bondad inmensa
acá os da esta recompensa
y allá os ha de dar la gloria.

Estimad con gran pureza
el favor de su grandeza
y el que mi Hijo os ha hecho,
la voluntad de mi pecho
y vivid con gran limpieza.
  De Domingo la oración,
del Ángel la intercesión,
de los cielos la asistencia,
de Dios la suma clemencia,
y en premio de la oración,
  cubiertos de casto velo,
recibiréis gran consuelo
cuando os venga a la memoria.
Y aquí hace fin la historia
de la Madrina del Cielo.

FIN DEL AUTO